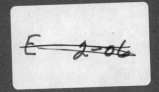

TIBETAN TALES FOR LITTLE BUDDHAS

Naomi C. Rose

Translated into Tibetan by Pasang Tenzin

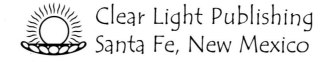
Clear Light Publishing
Santa Fe, New Mexico

4-05
17.00

© 2004 Naomi C. Rose
Clear Light Publishing
823 Don Diego, Santa Fe, New Mexico 87505, www.clearlightbooks.com

First Edition
10 9 8 7 6 5 4 3 2 1

Library of Congress Cataloging-in-Publication Data

Rose, Naomi C.
  Tibetan tales for little Buddhas / Naomi C. Rose ; translated into Tibetan by Pasang Tenzin.
      p. cm.
  Summary: Three traditional tales about mystical beings, yaks, an enormous sow, and yeti introduce Tibetan culture and wisdom. Includes a foreword from the Dalai Lama, map of Tibet, glossary of Tibetan terms, and description of a Tibetan chant.
  ISBN 1-57416-081-8 (hardcover)
  1. Buddhist children--China--Tibet--Juvenile fiction. 2. Tibet (China)--Religious life and customs--Juvenile fiction. [1. Folklore--China--Tibet. 2. Tibetan language materials--Bilingual.] I. Pasang Tenzin. II. Title.
  PZ90.T58R67 2004
  [398.2]--dc22

2003027230

Book design & all illustrations © Naomi C. Rose

Printed in Korea

THE DALAI LAMA

Everyone wants to be happy and to overcome whatever problems they meet in their lives. One of the most important means of fulfilling this wish is through education. Even today, in this age of television and electronic communications, I believe that reading books is an essential part of education. Therefore, we can give our children tremendous help if we teach them to read and give them an appreciation of books at an early age.

Naomi C. Rose has created a children's book called *Tibetan Tales for Little Buddhas*. Young children will surely find these charming, colorful books attractive. In them she retells simple stories that were once told in Tibet and that children anywhere will find fun to read. Because the stories are set in Tibet, readers in other lands will naturally become aware of the existence of our country and of the values that we hold dear.

I congratulate the author on her efforts and hope that books like these may serve as examples for others in their clarity, simplicity and charming appeal to children. I am sure these stories will bring joy to readers young and old.

About Tibet

The Land of Snows, Rooftop of the World, Land of Rainbows. These are some of the names given to the enchanting country of Tibet. Located in central Asia between India and China, Tibet lies among the mighty Himalayas — the tallest mountains in the world. Before the Chinese occupation in 1959, the Tibetan people led simple lives devoted to their religion, Tibetan Buddhism. Most Tibetans lived on the vast plains, tending to herds and crops. Many lived in monasteries. And some lived and worked in the capital city of Lhasa.

Since the Chinese occupation, hundreds of thousands of Tibetans have fled their beloved homeland. Others continue to live in Tibet while struggling for religious and cultural freedom.

Om Mani Padmé Hung

This popular Tibetan chant is featured in the story *Yeshi's Luck*. Om Mani Padmé Hung (OHM MAHnee peMAY hoong) translates to "the jewel is in the lotus blossom." This refers to the spirit of compassion in each of us. Thus, the chant calls forth our own loving kindness, creating a deep sense of peace.

Words To Know

Buddha — One who has attained universal wisdom, compassion and peace. The most famous buddha, Gautama Buddha, lived about 2,500 years ago.

Butter Lamp — A lamp using yak butter as fuel. (Pictured on Page 19.)

Dalai Lama — The spiritual and political leader of Tibet. Exiled in India since 1959.

Dakini — Tibetan female goddess or deity.

Mala — A string of 108 beads used to count recitations of a sacred verse. (Pictured on Page 22.)

Prayer Flags — Strips of cloth, printed with prayers, strung together and hung outside. (First pictured on this page.)

Prayer Wheel — A cylindrical wheel of various sizes containing printed prayers. Spinning the wheel is like reciting the prayers. (Pictured on Page 19.)

Stupa — Monuments built in honor of buddhas. May be a building or mound of rocks. (First pictured on Page 11.)

Yak — Shaggy-haired ox, native to Himalayan countries. Used for labor, transportation, clothing and food.

Yeti — Himalayan version of Bigfoot. Yetis were a protected species until 1958. Sightings still reported.

Contents

Yeshi's Luck.............6

Jomo & the Dakini Queen.....25

Chunda's Wisdom Quest 45

YESHI'S LUCK

ཡེ་ཤེས་ཀྱི་ལམ་འགྲོ།

Nestled among the tallest mountains of the world is the land of Tibet. In the foothills of those mountains lies a village. And in that village lived Yeshi with his father and their horse.

One morning Yeshi dashed into the stone cottage. "Pa, Pa, our horse is gone!"

Yeshi's father pulled on his dusty boots, tightened his sash and stepped into the cool air. Squinting at the snowy peaks, he breathed deeply.

Yeshi scowled. "Come on, Pa! We must find our horse."

གནས་རི་མཐོན་པོས་བསྐོར་བའི་གྲིང་དེ་ནི་བོད་ཡུལ་ཡིན། གནས་རིའི་འདབས་སུ་གྲོང་གསེབ་རྣམས་ཆགས་ཤིང་དེའི་ནང་ཡེ་ཤེས་དང་པུ་ལགས། ཁོང་ཚོའི་རྟ་བཅས་གནས་ཡོད། ཞོགས་པ་ཞིག་ཏོ་སྐྱིལ་ནང་ཡེ་ཤེས་རྒྱུགས་འཛུལ་གྱིན་དེ་ཡོང་ནས། པུ་ལགས། པུ་ལགས། ང་ཚོའི་ཏ་ཕྱིན་ཚར་འདུག་ཅེས་བརྗོད། ཡེ་ཤེས་ཀྱི་པུ་ལགས་ནས་ཐལ་བས་བགོས་པའི་ལྷམ་གྱིན་ཞིང་། རྐང་བསིལ་ནང་འགྲོ་རྗེས་དཔགས་རིང་གཏོང་བཞིན་གནས་རི་ལ་མིག་རྣམ་གྱིས་བལྟས། ཡེ་ཤེས་ནས་པུ་ལགས་ཁེབས་དང་། ང་ཚོས་རྟ་རེས་པར་བཙལ་དུ་འགྲོ་དགོས།

Yeshi and his father trampled through the tall grasses, peering behind boulders and over thick brush.

"*Om Mani Padmé Hung*," chanted Yeshi's father.

"How can you chant now?" asked Yeshi. "That won't help us find our horse."

"Chanting helps me have a peaceful mind," replied his father.

Yeshi kicked into the dirt.

Several villagers happened by. "What are you looking for?"

"Our horse!" cried Yeshi.

"We'll help." The villagers searched all day with Yeshi and his father.

ཡེ་ཤེས་ཀྱི་རྤ་ལགས་མ་ཆ་བགྱང་བཞིན་པ་དང་། ཁོང་དང་ཡེ་ཤེས་གཉིས་རྩྭ་རིང་བཅད་ནས་སྦྱངས་རི་དང་། ཕ་བོང་མང་པོ་བརྒལ་ཏེ་རྟ་འཚོལ་ཞིན་བྱེད་པའི་སྐབས། ཡེ་ཤེས་ནས་རྤ་ལགས་མ་ཆ་བགྱང་ནས་རྟ་རྙེད་པར་ཕན་ཐོགས་བྱེད་མི་ཐུབ་ཅེས་སྨྲས། རྤ་ལགས་ནས་འོན་ཀྱང་མ་ཆ་བགྱང་ཐུབ་ན་སེམས་ཞི་འཇམ་ཡོང་གི་རེད་ཅེས་བརྗོད་པ་དང་། ཡེ་ཤེས་ཐལ་རྡུལ་ནང་རྐང་པ་བརྡབ་ནས་ཕྱིན། ཡུལ་མི་ཚོས་བྱེད་རང་ག་རེ་འཚོལ་གྱི་ཡོད་ཅེས་དྲིས་པར། ཡེ་ཤེས་ནས་སྐྱེད་ཕྱུགས་ཆེན་པོས་ང་ཚོའི་རྟ་ཞེས་བརྗོད། དེ་ནས་ཡེ་ཤེས་དང་རྤ་ལགས། ཡུལ་མི་བཅས་མཉམ་དུ་བ་ཀུན་གྱིས་འཚོལ་རོགས་བྱས

8

At nightfall, Yeshi wept. "What bad luck! We've lost our only horse."

"What terrible fortune," chimed the villagers.

"Who can say what's good fortune or bad?" asked Yeshi's father. "Give thanks for everything."

Yeshi and the villagers exchanged puzzled looks.

"*Om Mani Padmé Hung*," chanted Yeshi's father.

དེའི་ནུབ་མོར་ཡེ་ཤེས་དུ་བཞིན་དུ་སྐྱབས་ནས་པ་ལ་ང་ཚོའི་རྟ་བརྒྱག་གཏོར་ཤོར་སོང་། ཡུལ་མི་ཚོས་ཀྱང་དེ་འདྲའི་ སྐྱབས་ཉེན་པ་ལ་ཞེས་སྐྱིང་། ཡེ་ཤེས་ཀྱི་པྲ་ལགས་ནས་གང་ཞིག་བཟང་དང་ཡིན་མིན་ནི་སུས་བཤད་ཐུབ་བམ། དགོན་མཆོག་མཐེན། འདི་འདྲའི་སྐྱབས་ཡེ་ཤེས་དང་ཡུལ་མི་ཚང་མ་ཚོམ་ཚོམ་དུ་གྱུར།

After several days, some villagers arrived at Yeshi's house. "Your horse is in the meadow. He brought a surprise. Come quick!"

Yeshi raced out the door. His father and the villagers hurried behind. When Yeshi reached the meadow, he blinked hard. A new horse was grazing alongside Yeshi's.

"This is good fortune!" said Yeshi. "Now we have two horses."

"Your horse running away was good luck after all," chimed the villagers.

Yeshi's father smiled. "I'm grateful. But who can say if this is good fortune or bad?"

Yeshi and the villagers exchanged puzzled looks.

"*Om Mani Padmé Hung*," chanted Yeshi's father.

ཉིན་ཤས་རྗེས་ཡུལ་མི་ཚོ་ཡེ་ཤེས་ཀྱི་ཕྲུ་ལགས་འཁྲིས་ལ་ཡོང་ནས་གནས་ཚུལ་ཡ་མཚན་ཞིག་འདུག་པས་མགྱོགས་པོ་ཤོག་ཨང་དང་། ཁྱེད་རང་གི་རྟ་ཕྱུ་ཞིང་ནང་དུ་འདུག་ཅེས་བརྗོད་པ་དང་། ཡེ་ཤེས་རྒྱུགས་བཞིན་སྒོང་པ་དང་ཕྲུ་ལགས་དང་ཡུལ་མི་ཚོ་མ་རྗེས་སུ་བསྙེགས། ཡེ་ཤེས་རྟ་ཞིང་ནང་འབྱོར་དུས་རང་སངས་མདོག་གིས་ལྟ་དུས། ཁོ་རང་གི་འཁྲིས་ལ་རྟ་ཞིག་རྩ་ཟ་བཞིན་པ་མཐོང་། དེ་ནི་ལྷས་བཟང་བ་ཞིག་ཡིན་ནས་སྐྱམ། དང་ཚོར་ད་གཉིས་ཆགས་པ་རེད། དེ་ནས་ཡུལ་མི་ཚོ་ཁྱེད་རང་གི་རྟ་བཀྲུགས་པ་དེ་གང་ལྟར་ལྟས་བཟང་བ་ཞིག་རེད། ཡེ་ཤེས་ཕྲུ་ལགས་འཛུམ་དམུལ་ནས་ཡག་པོ་རེད་དེ། སུས་ཀྱང་འདི་གནས་ཚུལ་བཟང་ངན་གང་ཡིན་བཤད་མི་ཐུབ་པ་ཞིག་རེད། ཡེ་ཤེས་ཀྱི་ཕྲུ་ལགས་མ་ཆེ་བགྲང་བཞིན་པ་དང་། སྤུར་ཡང་ཡེ་ཤེས་དང་ཡུལ་མི་རྣམས་ཚམ་ཚོམ་དུ་གྱུར།

Yeshi and his father swiftly trained their new horse. One day as Yeshi galloped through the meadow, the new horse bucked him off and high into the air.

"Owww!" screamed Yeshi. He crumbled to the ground. "Help! My leg!"

ཡེ་ཤེས་དང་པ་ལགས་ནས་གང་མགྱོགས་ཏུ་གསར་དེ་ལ་བཅུལ་ནས་ཉིན་གཅིག་ཡེ་ཤེས་རྟ་ཞིང་བརྒྱུད་ནས་འགྲོ་སྐབས་ཏུ་དེས་འཆོར་ཞིང་འཕག་འཆག་བྱོང་སྐབས་ཁོས། འདི་ཀ་ང་པ། སྐྱོབས་དང་ཞེས་སྐད་ཅོར་བརྒྱབ།

14

Some villagers rushed to Yeshi. A man lifted Yeshi into his arms and headed up the hill. The others followed.

Yeshi's father met them at the door. "Pa," moaned Yeshi, "our new horse was bad luck after all."

"Such terrible fortune!" chimed the villagers.

Yeshi's father placed the boy onto the straw bed. "I'm sorry to see my son hurt. But who can say what is good fortune or bad?"

Yeshi and the villagers exchanged puzzled looks.

"Om Mani Padmé Hung," chanted Yeshi's father.

ཡུལ་མི་འགའ་ཡེ་ཤེས་འཁྲིས་ལ་ཕྱིན་ནས་གཅིག་གིས་ཡེ་ཤེས་དཔུང་པར་བླངས་ནས་རི་ཕྱེབས་ལ་བསྐྱལ། ཡེ་ཤེས་ནས་པ་ལགས་ལ་ང་ཚོར་རྟ་གསར་རྗེད་བྱུང་བ་དེ་ཡང་གང་ལྟར་བཟང་རྟགས་ཤིག་མ་རེད། ཡུལ་མི་ཚང་མས་མགྲིན་གཅིག་ཏུ་འདི་འདྲའི་སྐྱབས་ཤེས་པ་ལ་ཤེས་སྒྲིང་།

Yeshi grimaced while his father wrapped his leg in clean rags. Finally bandaged, his leg throbbed in pain. Yeshi gazed at his father in the glow of the butter lamp. And he listened to his soft chanting. *"Om Mani Padmé Hung, Om Mani Padmé Hung."*

"I've heard Pa chant a lot," thought Yeshi, "but it never sounded so beautiful!" Warmth filled his heart. Tears slipped down his cheeks. "That's odd," he thought, "my leg has stopped hurting. Maybe there is something to the chant. Could it be my pa is wise after all?"

He listened to his father chant as the moon rose high in the sky.

པྰ་ལགས་ནས། བཟང་འན་ནི་སྱུས་ཀྱང་བཞད་དགའ་ཞིང་། འོན་ཀྱང་པུ་ལ་རྨས་སྐྱོན་བྱུང་བར་བྲོ་ཕམ་བྱུང་ཞེས་པྰ་ལགས་ནས་ཀྲང་པར་རྨ་དགྱིས་བསྐམ་དུས། ཡེ་ཤེས་རྱུག་གཟེར་གྱི་མནར་བའི་སྐབས་པྰ་ལགས་ལ་བལྟ་བཞིན་དུ་ཁོའི་སེམས་ནང་འདི་ལྟར། ནས་པྰ་ལགས་ཀྱི་འདོན་པ་མང་པོ་ཐོས་མྱོང་། འོན་ཀྱང་སྐུན་པོ་འདི་འདུག་བ་དང་པོ་ཡིན། དེ་ལྟར་བསམ་སྱུས་སུ་ཁོའི་འགྲམ་པར་མིག་ཆུ་འཛིལ་བཞིན་དུ། འདི་པྰ་ལགས་ཀྱི་འདོན་པ་ལ་བརྟེན་ནས་ཀྲང་པའི་རྱུག་གཟེར་ཆག་པ་དང་། གང་ལྟར་པྰ་ལགས་ཀྱི་མ་ཚེ་བགྱང་བ་ལ་བརྟེན་ནས་བྱུང་བ་འད་ ཞེས་སྐྱམ། ཡེ་ཤེས་ནས་པྰ་ལགས་ཀྱི་འདོན་པ་བློ་བ་ནས་མཁའི་དྱིངས་སུ་ཤར་བ་བཞིན་ཞན།

Yeshi awoke to a villager knocking at the door. "Have you heard? Military officers are here. They're taking our boys away to fight in a battle. But you don't have to go because of your hurt leg."

"My!" Yeshi said. "Falling off the horse was good luck after all." He glanced at his father. "But, I, I — guess no one really knows what's good fortune or bad." Yeshi thought he saw his father smile.

More villagers came. "Such good fortune for Yeshi, but such bad fortune for our boys."

"I'm scared for my friends, too," replied Yeshi. "But, who can say what's good fortune or bad?"

The villagers exchanged puzzled looks.

"*Om Mani Padmé Hung*," chanted Yeshi with his father.

དེའི་སང་ཞིག་ཡུལ་མི་ཚོས་སྒོ་བརྡུང་བ་དང་ཡེ་ཤེས་གཉིད་བསད། དམག་སྒྲི་འདིར་ཕེབས་འདུག་པ་ཤེས་སོང་ངམ། ཁོ་ཚོས་དམག་སྒྲིང་ཆེན་ང་ཚོའི་བུ་ཕྲུག་ཚོ་འཁྲིད་ཀྱི་འདུག འོན་ཀྱང་ཁྱེད་རང་རྐང་པར་རྨས་སྐྱོན་བྱུང་བས་འགྲོ་མི་དགོས། ཡེ་ཤེས་ཀྱིས་རྟ་ལགས་ལ་བསྙས་ནས་གང་ལྟར་རྗེས་ཟགས་པ་དེས་སྐྱབས་ཡག་པོ་བྱུང་འདུག་ཅེས་ཡེ་ཤེས་བརྗོད། འོན་ཀྱང་དབེ་བསམ་པར་སྲས་ཀྱང་བཟང་ངན་ཞེ་བཏད་དགའ་བ་རེད། ཡེ་ཤེས་ནས་བུ་ལགས་འཇོམ་པའི་སྲུང་བ་ཤར་བ་དང་། ཡུལ་མི་མང་པོ་ཞིག་སྐྱེབས་ནས་ཡེ་ཤེས་ལ་ལམ་འགྲོ་བྱུང་ཡང་ང་ཚོའི་བུ་ཕྲུག་ཚོ་རྒྱུད་དུ་ཆགས་སོང་། ཡེ་ཤེས་ནས་གྲོགས་པོ་ཚོའི་ཐོག་ང་ཡང་སེམས་ཁྲལ་ཡོད། འོན་ཀྱང་གང་ཞིག་བཟང་བ་དང་ངན་པ་ཡིན་མིན་སུས་ཀྱང་བཏད་དགའ་བ་རེད་ཅེས་བརྗོད། ཡེ་ཤེས་དང་པ་ལགས་མ་ཆེ་བགྲང་བཞིན་དུ་ཡུལ་མི་རྣམས་ཆམ་ཆོམ་དུ་ལུས།

It took many weeks for Yeshi's leg to mend. Soon after, a villager ran up to Yeshi. "Our boys are back. They're safe. They even brought new friends to join the village!" Yeshi grinned.

At the homecoming celebration, Yeshi sang:

Life is like a potter's clay
changing shape from day to day.
As stars sparkle in the sky
light and dark go quickly by.
What's the future, no one knows.
Be at peace with how life goes.

The villagers exchanged smiles. "*Om Mani Padmé Hung,*" chanted Yeshi's father. "*Om Mani Padmé Hung,*" chanted the villagers. "*Om Mani Padmé Hung,*" chanted Yeshi. "*Om Mani Padmé Hung.*"

ཡེ་ཤེས་རྐང་པ་དྲག་སྐྱེད་བྱུང་བར་བདུན་ཕྲག་མང་པོ་གོར། དེ་ནས་ཡུལ་མི་ཚོ་ཡེ་ཤེས་འཁྲིས་ལ་ཕྱིན་ནས། ང་ཚོའི་བུ་ཕྲུག་ཚོ་བདེ་པོའི་ཐོག་ནས་ཕྱིར་ལོག་བྱུང་འདུག མ་ཟད་གྲོགས་པོ་གསར་པ་དེའི་འདུའི་གྲོང་གར་འབྲིད་འདུག་ཅེས་བརྗོད། ཡེ་ཤེས་འཛུམ་དམུལ་བཞིན་དུ་གནས། དེ་འདུའི་རྗེས་སུ་ནང་གི་དགའ་སྟོན་ཞིག་གི་སར་ཡེ་ཤེས་ནས་གླུ་གཞས་འབུལ་བ་ནི། མི་ཚེ་ཞེས་པ་རྫ་རྒྱུ་འཛིམ་པ་བཞིན། །ཉིན་རེ་ཉིན་རེ་བཞིན་དུ་འགྱུར་ནས་འགྲོ།། ནམ་མཁའི་དབྱིངས་སུ་སྐར་ཚོགས་ཁ་ཚོམ་བཞིན། །སྣང་བ་མུན་པའི་འཕོ་འགྱུར་མྱུར་དུ་སྟོན།། མ་འོངས་རྗེ་ཡོང་སུས་ཀྱང་ཤེས་དཀའ་བས། །མི་ཚེ་གང་ཡིན་དལ་སྟོང་དང་ལ་སྐྱོད།། ཅེས་པའི་གླུ་བླངས་ཤིང་ཡེ་ཤེས་དང་ཕ་ལགས་མ་ཉེ་བགྲང་བཞིན་དུ་ཡུལ་མི་ཕན་ཚུན་བཞད་གད་ཐེག་གིའི་དང་མ་ཉེ་རེ་འདོན་བཞིན་པ་བཅས་སོ།། ॥

JOMO & THE DAKINI QUEEN
ཇོ་མོ་དང་མཁའ་འགྲོ་མ།

"This floor is filthy!" yelled Aunt Peta. "Sweep it again." Jomo pushed the broom across the stone floor. Tears glistened from her half-moon eyes.

Aunt Peta inspected a cooking pot. "Why is this still dirty?"

Jomo cringed. "I was busy milking the yaks."

"That's no excuse!"

Jomo put the broom aside. She rolled her sleeves over her elbows and scrubbed the blackened pot. Her hands shook. Water splashed onto the floor.

Aunt Peta threw her hands in the air. "You make more messes than you clean, girl!" Jomo mopped up the water, cleaned the pot and scurried to the pasture.

ཞུ་མོ་ཡེ་ཏ་ནས། ཁལ་བ་རྫོར་པོ་འདུག་བསྐྱར་དུ་གཙང་མ་ཟོས་ཞེས་ལབ་དུས། ཇོ་མོའི་སྣ་ཕྱེད་ལྭ་བའི་མིག་ནང་མཆི་མ་འཁོར་བཞིན་དུ་རྡོ་བོའི་ཁལ་བར་ཕྱག་མས་འཕྱིད་བཟར་བྱས། ཞུ་མོ་ཡེ་ཏས་ཐབ་ཆས་ལ་ཞིབ་བསྐྱས་བྱས་ནས། འདི་ད་དུང་རྫོར་པོ་ཅི་ཕྱིར་ཡིན་ནས། ཇོ་མོ་མགོ་བོ་དུད་ནས། ང་འགྲོ་ནས་འོ་མ་བཞེས་ཀྱིན་བསྐད་ཡོད། ཞུ་མོས་གཡོལ་ཐབས་འདི་མ་རེད་ཅེས་བཟོད་པ་དང་། ཇོ་མོས་ཕྱག་མ་རྣར་དུ་བཞག ཞུ་མོའི་བར་ལུ་ཕྱུང་བརྗེས་ནས་ཐབ་ཆས་ཟར་རྫོར་པོ་ཆུ་ནས་བཏང་དུས་ལག་པ་འདར་ནས་ཞལ་བའི་སྟེང་དུ་ཆུ་འབོས་པ་དང་། ཞུ་མོ་ནས་ལག་པ་ཡར་འཕྱུར་ཏེ། བུ་མོ་འདིས་གཙང་མ་བྱས་པ་ལས། མང་བ་རྫོར་པོ་ཟོས་སོང་ཞེས་བརྗོད་པ་དང་། ཇོ་མོས་འབོ་ཆུའི་རྫོག་འཕྱིད་བཏང་། སྟོང་ཆས་གཙང་མ་ཟོས་ཏེ་རྩ་ཁ་ཡོང་རར་ཐབ་རྒྱུགས་བྱས་ནས་ཕྱིན།

Sitting among the yaks, Jomo tugged at her braids. "What am I to do?" she asked. "Aunt Peta scares me. She's always yelling — ever since Mama and Pa died." Jomo sniffled. A yak nuzzled her rosy-round face. "You silly thing," she said, petting his shaggy hair.

ཇོ་མོས་གཡག་ཁྲོད་དུ་ལུས་མ་རིང་མོ་འཐེན་བཞིན་བསྡད་དེ། ངང་གི་བྱེད་དགོས་རམ་སྐྱམ། སྲུ་མོ་ལགས་ནས་ཡབ་ཡུམ་གཉིས་འདས་པ་ནས་བཟུང་སྟེ་དུག་པར་ལས་ཀ་སྐུལ་འདེད་བྱེད་ཀྱི་འདུག་ཅེས་ཇོ་མོ་ད་སྔོད་བྱས་པ་དང། གཡག་ནེ་མོའི་གདོང་ལ་དེ་སྙོམ་པ་དང་མོས་ཁྲོད་ཚོ་མེད་པ་ལ་ཞེས་ཁོའི་ཉེད་པར་བྱུག་བྱུག་བྱས།

Jomo took the yaks above the barley fields. She breathed easily in the thin air. Arriving at her favorite meadow, she came upon a cave she'd never seen before. Huge boulders blocked the entrance. The yaks meandered off to munch on fresh grass. Jomo yawned in the warm, honey-scented breeze and curled up on the soft ground.

Ting, ting, ting. Jomo opened her eyes. "What's that? Reminds me of Mama's prayer bells. They're coming from the cave. Oh my! The boulders are gone!"

དེ་ནས་ཇོ་མོས་གཡག་རྣམས་ཁྲིད་ཅིང་། འཛམ་གླིང་འདིའི་གངས་རི་མཐོན་པོའི་ཁྲོད་ཀྱི་མཁའ་རླུང་ནང་མོས་དལ་པོས་དབུགས་ཕྱུང་ཤིང་ཕྱིན་སྐབས་མོ་རང་གི་འདོད་མོས་ཡོད་པའི་སྤང་ལྗོངས་ཤིག་ཏུ་འབྱོར། སྔོན་མ་ཁྱོན་ནས་མཐོང་མྱོང་མེད་པའི་ཕུག་པ་ཞིག་ཡོད་པ་དེར་འཛུལ་སོ་ཕ་བོང་གིས་བཀག་ནས་ཡོད། མོས་ཤུགས་བརྒྱབ་ནས་འབུད་ཐབས་བྱས་རུང་འགུལ་བསྐྱོད་ཀྱང་དཀའ་བར་སྣམ། གཡག་རྣམས་ནི་རྩ་གསར་སྔོ་བལྟག་རྒྱུག་གིན་འཁྱིལ་བསྡད་བྱས་ཤིང་། ཇོ་མོ་དྲོད་ལྡན་སྦྲང་རྩིའི་དྲི་འགོས་པའི་བསེར་བུ་ལྡང་བའི་ས་གཞི་འཇམ་མོའི་དཀྱིལ་དུ་ཨོག་སྒོང་རྒྱག་ནས་འཕྲེད་ཉལ་བྱས་ཏེ་བསྡད། ཏིང་…ཏིང་…ཏིང་…ཇོ་མོ་མིག་གདངས་ནས་འདི་ག་རེ་ཡིན་ནམ་ཞེས་ཡ་མཚན་བྱས། འདིས་ངའི་ཡུམ་གྱི་མཆོད་རྫས་དྲིལ་བུ་དེ་དྲན་པར་བྱས་སོང་། དེ་དག་ཕུག་པའི་ནང་ནས་ཡོང་གི་འདུག ཨོ་…ཕ་བོང་དེ་ཚོ་ཕྱིན་པ་ཡིན་ནམ།

She stood up and tiptoed to the cave. *Ting, ting, ting.* "Should I go in?" Jomo shook her head. "I'd better not." *Ting, ting, ting.* "Those bells sound so lovely! I'll just take a peek." Biting her lip, she edged into the cave.

"It's spooky," she whispered. Shadows loomed everywhere. Dripping sounds echoed from deep inside. "What happened to the bells?" Jomo shivered. "I don't like this place." Turning to leave, she tripped onto the cave floor. When she lifted her head, she froze.

མོ་ཡར་ལངས་ཏེ་ཕུག་པའི་རོས་སུ་རྐང་རྗེ་བཙུགས་ནས་ཕྱིན། ཏིང་་་ཏིང་་་ཏིང་་་ང་ནང་ལ་འགྲོ་གི་ཡིན། རྗོ་མོས་ མགོ་བོ་དགུགས་ནས་མ་འགྲོ་ན་ཡག་ས་རེད། ཏིང་་་ཏིང་་་ཏིང་དྲིལ་བུའི་ཚོའི་སྐད་སྙན་པ་ལ། ངས་ཡིབ་བལྟ་ཙམ་ བྱེད་དགོས་ཞེས་ཐག་ཕུག་ནང་དལ་གྱིས་ཤུད། གང་སར་གྱིབ་ནག་ཡལ་ཡོལ་དུ་གཡོ་བ་འདི་ནི་གཏོང་འདྲེ་རེད་འདུག ཅེས་མོས་ཤུབ་ལབ་བྱས་ཤིང་། བྲག་ཕུག་ནང་ནས་ཐིག་སྟུའི་བྲག་ཆ་ཐོན་པ་དང་། དྲིལ་བུའི་ཚོག་རེ་བྱེད་པ་ཡིན་ ནམ་ཞེས་རྗོ་མོ་འདར་ཤིག་ལངས། ས་ཆ་འདི་ཡག་པོ་མིན་འདུག་ཅེས་ཐོན་ཁ་བསྐྱར་དུས་མོ་ཕུག་པའི་ཐུ་བར་འཐེང་ བར་ཤོར་ཏེ་མགོ་ཡར་འདེགས་དུས་མོ་འདར་ཤིག་ཤོར་ཏེ་ལུས།

Before her stood a ruby-red sow with diamond eyes. Jomo shrieked and darted behind a boulder. Her body trembled. Hearing a voice, she cupped her ears.

Lift the veil, my dear — I'm not what you fear.

Jomo peeked over the boulder. The repulsive beast was creeping toward her! She ducked down.

Don't hide or fight me — I'm not what you see.

"Are you talking to me?" whimpered Jomo from behind the boulder.

Cast your fear aside — open your heart wide.

There was no doubt. The sow was speaking to her. "What do you want?" cried Jomo.

Just look in my eyes — to see past the lies.

She peeked over the boulder again. The beast was very close. "I'd better do it," thought Jomo. "Or else the beast might hurt me." She lifted her eyes, shuddered and turned away.

ཚར་རྐྱག་པ་དང་། པ་བོང་རྒྱབ་ནས་འགུལ་བསྐྱོད་བྱེད་དུས་མོ་གཟུགས་པོ་འདར། སྐྱེད་སྒྲ་ཐོས་དུས་མོས་རྣ་བར་ལག་པ་བཀབ་བོ་ དང་ངེས། བཙེ་ཕྲུན་རྟོ་མོ་སྐྱིབ་རས་མེལ་གནང་དང་།། ཁྱེད་ལ་སྐྲག་བྱེད་གང་ཡིན་ང་མ་ཡིན།། རྟོ་མོས་པ་བོང་ནས་ཡིན་ལྡ་ཁྱེད་ དུས་དུད་འགྲོ་ལྟ་བུ་དེ་མོའི་ཕྱོགས་སུ་ཅར་གྱིས་ཡོང་བ་དང་མོ་མར་སྐྱུར་ཏེ་ཡིན། ང་ལ་འགྲབ་ཅིང་མ་ཀྲོལ་དང་།། ཁྱོད་ལ་གང་ སྐྱང་དེ་ང་མིན། །ཅེས་བརྗོད། ཁྱེད་ང་ལ་སྐྱང་ཆ་བཞད་ཀྱི་ཡོད་དམ་ཞེས་རྟོ་མོ་པ་བོང་རྒྱབ་ནས་དུ་མོ་བྱེད་པ་དང་ཁོས། ཁྱེད་ཀྱི་ འཛིགས་དངངས་མེད་པའི་ཐོག །ཁྱོད་ཀྱི་སྙིང་ཁོངས་ཡངས་པོར་ཕྱེས། །ཅེས་བརྗོད། སེམས་ཅན་དེས་ང་ལ་སྐྱད་ཅ་བཞད་པ་ནི་ ཐེ་ཚོམ་མི་དགོས་པ་ཞིག་རེད། རྟོ་མོས་ཁྱེད་ལ་གང་དགོས་སམ། ང་ཡི་མིག་ནང་བལྟ་བྱས་ནས།། འདས་པའི་གནད་དོན་ཤེས་པར་ བྱེད།།ཅེས་བརྗོད། རྟོ་མོས་པ་བོང་ནས་སྐྱང་ཡང་ཡིན་ནས་ལྟ་དུས་དུད་འགྲོ་དེ་ཏེ་འཁྲིས་སུ་ཡོད་པ་དང་། རྟོ་མོས་འདི་བྱེད་ན་ དགའམ། གཅིག་བྱས་ན་དུད་འགྲོ་དེས་ང་ལ་གནོད་པ་བསྐྱལ་སྲིད་བསམ་བཞིན་མོས་མིག་འདེགས་ཤིང་དཔུང་གདངས་བཤིག་ཏེ་ ཐོས་ཕབས་བྱས་པར་ཁོས།

See me as a friend — then your fear will end.

"I'll try, but please don't come any closer." The sow stopped. Jomo steadied her shoulders, softened her gaze and looked again. First she saw the scary beast. Then she saw sparkling eyes. And then she saw a beautiful face. At that moment, the beast melted into a puddle of glittering liquid. Jomo gasped. A lovely woman arose from the puddle. Rainbow light shone from her body.

Jomo's knees wobbled. "Who...who are you?"

The Dakini Queen — at last you have seen.

Jewels adorned the smiling woman. Jomo blinked at the radiant colors. "I...I've heard about Dakinis. They enchant with mystical powers."

The mystical art — of a loving heart.

Jomo looked around. "What happened to the beast?"

ང་ལ་གྲོགས་བཞིན་བལྟ་བྱས་ན།། ཁྱོད་ཀྱི་འཇིགས་དངངས་བརྒྱགས་ནས་འགྲོ།། འོ་ དངས་ཐབས་ཤེས་བྱ་ཆོག །ཉེན་ཀྱང་འཕྲིས་ལ་ཁྱོན་ནས་མ་ཡོང་ཟེར་བ་ དང་སེམས་ཅན་དེ་བསྡད། རྟ་མོ་དཔུང་པ་སྐྱོད་ཅིང་འཇམ་མོས་ཚེར་ཀྱིས་བསྐུར་བསླབས་བྱེད་པའི་ཚེ། ཐོག་མར་འཇིགས་པའི་སེམས་ཅན་ཞིག་མཐོང་། དེ་ ནས་ཕ་ལམ་གྱི་མིག་མཐོང་། ཡང་དེ་ནས་མོས་ཡིད་དུ་འོང་བའི་གདོང་ཞིག་མཐོང་བ་རེད། དེ་འདྲའི་སྐབས། དུད་འགྲོ་དེ་འདམ་ནང་དུ་བཞུར་ནས་བཞེར་ བའི་འོང་དུ་འགྱོ་བ་དང་། རྟ་མོས་ཆུར་བསླབ་བྱེད་དུས། འདམ་ནང་ནས་རབ་ཏུ་མཛེས་པའི་བུ་མོ་ཞིག་ཐོན་ཞིང་གཟུགས་ནས་འཇའ་འོད་འཚེར་བ་དང་། རྟ་མོས་དཔུས་མོ་བཅུགས་ནས་ སུ་ ཁྱོད་སུ་ཡིན་ནམ་ཞེས་པར་ཁས། ངའི་མཁའ་འགྲོའི་རྒྱལ་མོ་ཡིན།། ཁྱོད་ལ་མཐའ་མར་སྟང་བ་ཡིན།།ཅེས་བཟོད། འཇམ་ལྷུན་བྱད་མེད་དེས་རྣ་ཚོགས་པའི་རྒྱན་གྱིས་སྤྲང་ཅིང་། རྟ་མོས་རྣམ་པར་བཀྲ་བའི་འོད་དེར་མིག་གྱུན་ཏེ་བལྟས་ནས། ང་ དངས་མཁའ་འགྲོ་མའི་ སྐོར་གོ་ཐོས་ཡོད། ཁོང་ཚོར་ཡ་མཚན་པའི་སྔ་ཐབས་བསླན་པའི་ནུས་མཐུ་ཡོད་པ་རེད་བཟོད་པར་ཁས། སེམས་རྒྱན་བཅང་བ་ནི།། ཡ་མཚན་སྔ་ཐབས་ཡིན།།

34

The Dakini raised her eyebrows.

How I look to you — depends on your view.

"You mean you're the beast, too?" Jomo asked.

The Dakini drew nearer. Her wild hair shimmered.

I am what you need — to nourish the seed.

Jomo frowned. "What seed?"

The Dakini slid her hand into the boulder, pulled out a scroll and placed it into Jomo's hands.

To overcome fear — with your love, my dear.

The shining queen faded into the shadows.

"Wait! I don't understand!" cried Jomo, but the Dakini was gone. Jomo shivered. In a daze, she gripped the scroll and left the cave.

ཇོ་མོས་གཡས་གཡོན་དུ་བལྟས་ནས་དུད་འགྲོ་དེ་ག་རེ་བྱེད་པ་ཡིན་ནམ། མཁའ་འགྲོ་མས་མིག་སྤུ་བཏུད་ནས་ཇོ་སྤྱར་ཁྱོད་ལ་ང་ སྣང་བ།། དེ་ནི་ཁྱོད་ལ་སྤོས་པ་ཡིན།། ཇོ་མོས་"""བྱས་ན་ཁྱོད་རང་ཡང་དུད་འགྲོ་ཡིན་ནམ། ཞེས་དྲིས། ང་ནི་ཁྱོད་ལ་གསོ་སྐྱོང་ དགོས་པའི་སོན་དེ་ཡིན། ཇོ་མོས་སྐྱིན་མ་བསྐྱངས་ནས་"""ག་རེའི་སོན། དེ་ནས་མཁའ་འགྲོ་མའི་ལག་པས་པོ་བོང་ནང་ནས་ཤེར་ ཐག་བཅིངས་པའི་ཤོག་དྲིལ་ཞིག་བཏོན་ནས་ཇོ་མོའི་ལག་པའི་ནང་བཞག་སྟེ། བརྩེ་བྱུན་དངས་སྣག་ལས་བཀྲལ་ཏེ།། ཁྱེད་ཀྱི་ བྱམས་པའི་སེམས་སུ་གནས།། ཞེས་བརྗོད་དེ་འོད་ཟེར་འགྱོ་བའི་རྒྱལ་མོ་དེ་ནི་གྲིབ་མའི་དབྱིངས་སུ་ཡལ་ཞིང་། ཇོ་མོས་"""སྒུགས་ དང་"""ངས་གསལ་པོ་གོ་མ་སོང་ཞེས་བརྗོད་ཀྱང་མཁའ་འགྲོ་མ་ཕྱིན་ཚར་བ་རེད།

It was nearly nightfall by the time Jomo gathered the yaks and arrived home. She tucked the scroll in her pocket and stepped through the doorway. "You're late!" Aunt Peta yelled. "Get cooking!"

ཇོ་མོ་འདར་ཤིག་ལངས་ཤིང་ཡ་མཚན་དང་མོས་ཤོག་དྲིལ་དེ་བཟུང་ཏེ་ཐག་ཕུག་ནས་ཕྱིན། ཇོ་མོས་གཡག་རྣམས་རུབ་ནས་ནང་དུ་ལོག་པའི་སྐབས་ཉི་མ་བཞུད་ལ་ཉེ་བར་སྲེབས། མོས་ཤོག་དྲིལ་དེ་ཁུག་མའི་ནང་བཅུག་སྟེ་སྒོ་ལས་དུ་ཕྱོགས་ནས་གོམ་བགྲོད་བྱེད། སྲུ་མོ་པེ་ཏ་ནས་ཁྱེད་རང་ཕྱིས་སོང་ཞེས་བགད་སྐྱོན་བཏང་། ཁ་ལག་ཟོས་ཤིག་ལབ་པ་དང་ཇོ་མོ་མགོ་བསྒུར་ནས་ཐབ་ཕྱོགས་སུ་བསྐྱོད།

Jomo cringed as she moved toward the stove.

Lift the veil, my dear — she's not what you fear.

Jomo halted. The Dakini's voice echoed inside her head.

Look into her eyes — to see past the lies.

She looked at Aunt Peta's glaring face, shuddered and turned away.

See her as a friend — then your fear will end.

Jomo steadied her shoulders, softened her gaze and looked again. First she saw her angry aunt. Then she saw deep brown eyes. And then she saw a beautiful face. At that moment, Jomo's body shone with rainbow light. Her aunt's mouth dropped open. Jomo smiled as colorful light streamed around her.

At last you are free — to love and let be.

Jomo kissed her aunt on the cheek. Her fear was gone.

ང་ཡི་བརྗེ་ལྷུན་གྱིབ་གཡོག་སེལ་གནང་དང་།། ཁྱེད་ལ་སྐྲག་བྱེད་དེ་ནི་མོ་མ་ཡིན།། ཞེས་བརྗོད་པར་ཇོ་མོ་ཀྱོང་ངར་བསྐྱད། མོའི་སྐྱི་བོའི་དབུས་ནས་མཁའ་འགྲོ་མའི་སྐད་ཀྱི་བྲག་ཆ་ཐོན་པ་ནི། མོ་ཡི་མིག་ནང་བལྟ་བྱས་ནས།། སྟོན་དུས་གནས་སྟངས་ཤེས་པར་བྱེད།། མོས་སྲུ་མོ་ལེ་ཏའི་སྲང་མིག་ལ་བལྟས་ནས་འདར་བཞིན་དུ་བྲོས་ནས་ཕྱིན་པ་རེད། མོ་ལ་གྲོགས་བཞིན་ལྟ་བར་བྱེད།། དེ་ནས་དངས་སྐྲག་ཟོགས་པར་བྱེད།། ཞེས་བརྗོད་པ་དང་ཇོ་མོ་དཔུང་པ་སྲོང་ཅིང་དལ་པོར་མིག་ཅུར་གྱིས་ནན་ལྟ་བྱེད་སྐབས། ཐོག་མར་མོའི་སྲུ་མོ་ཁྲོ་མ་དེ་མཐོང་། དེ་ནས་སྐྲག་ནག་ཅན་གྱི་མིག་སྐྲག་པོ་ཞིག་མཐོང་། དེ་ནས་ཡིད་དུ་འོང་བའི་གདོང་མཐོང་བ་རེད། དེ་འདིའི་སྐབས་ཇོ་མོའི་གཟུགས་པོ་འཇའ་འོད་ཀྱིས་འཁྱུད་ཅིང་། མོའི་སྲུ་མོ་ཁ་གདངས། ཇོ་མོས་རང་གི་གཡས་གཡོན་དུ་སྣ་ཚོགས་པའི་འོད་ཁྱབ་ལ་བཞིན་འཛུམ་གྱིས་དགོད་དེ། བྱམས་ཞིང་བརྗེ་བའི་སེམས་ལྷན་པས།། མཐར་མར་རང་ཉིད་རང་དབང་ཐོབ།། མཐའ་མར་མོ་རང་འཇོགས་སྐྲག་ལས་ཐར་ཞིང་། ཇོ་མོས་སྲུ་མོ་འགྲམ་པར་ཨོ་བྱས་ཞིང་།

Every day Jomo did her chores and tended to the yaks. Every night she studied the Dakini lessons from the scroll.

One day, Aunt Peta picked up the broom and began to sweep. "Jomo," she called softly.

Jomo stopped scrubbing, lifted her head and turned toward her aunt.

"Will you teach me the Dakini way?" asked Aunt Peta. Jomo nodded with a smile.

དེ་ནས་ཇོ་མོས་ཉིན་ལྟར་ནང་ལས་དང་གཡག་གསོ་སྐྱོང་བྱས་པ་དང་། མཚན་ལྟར་ཤོག་དྲིལ་ནས་མཁའ་འགྲོ་མའི་སློར་སློབ་སྦྱོང་བྱས་ཏེ་བསྡད་པ་རེད། ཉིན་གཅིག་སུ་མོ་ཕྱག་མ་ཁྱེར་ནས་གད་འཕྱིས་བྱེད་པར་བརྩམས་ཤིང་། མོས་ཇོ་མོ་ཞེས་འཇམ་པོས་འབོད་པ་དང་། ཇོ་མོས་འཕྱིས་བཟར་མཚམས་བཞག་སྟེ་མགོ་བོ་བཏེགས་ནས་སུ་མོའི་འཁྲིས་ལ་ཕྱིན་དུས། སུ་མོས་""ཁྱེད་ཀྱིས་མཁའ་འགྲོ་མའི་སློར་སློབ་དང་། ཞེས་བཏོད་པ་དང་ཇོ་མོ་མགོ་བོ་དགུགས་ཤིང་འཛུམ་དམུལ་བ་དང་བཅས་སོ།།

CHUNDA'S WISDOM QUEST

ཆུང་བདག་གིས་ཤེས་རབ་ལམ་འཚོལ་བ།

Chunda labored up the rocky path and stopped at the crest of the hill. With the sleeve of his young monk's robe, he wiped his sweaty brow.

Just yesterday the elder monks had bid him goodbye. "For your next wisdom lesson, follow this path to the mystical land of Pema Kö."

"How will I know when I get there?" Chunda had asked.

"Just pay attention," the oldest monk had replied.

Now Chunda gazed down the path. "If I hurry," he thought, "I might find Pema Kö by sundown." Racing to the bottom of the hill, he stumbled and fell.

"My ankle!" he cried.

ཆུང་བདག་དགའ་ཚོགས་ཀྱི་རྡོ་ལམ་འཛེགས་ནས་ལ་ཁར་གྲ་ཚམ་གྱི་ཕུ་ཕུང་གིས་རྒྱལ་ནག་ཕྱིས་ནས་ངལ་གསོ་ཞིང་བསྡད། དེའི་ཁ་ཉིན་གྲ་རྒན་ཚོས་ཁོ་སྐྱེལ་བསུ་བྱས་ཤིང་། ཁྱོད་ཚོས་དེ་ནས་རྡོ་མཆར་བའི་ཞིང་པད་མ་བཀོད་པར་བསྐྱོད་པའི་ལམ་ནི་ཐབས་ལམ་འཚོལ་རྒྱུ་རེད་མ་དེ་ཡིན་ཞེས་བརྗོད་ཡོད། ཆུང་བདག་ནས། ང་དེར་སྐྱེབས་པ་ངས་རྟོ་ཤུར་ཤེས་ཐུབ་བམ། ཞེས་དྲིས་ཡོད་པར་གྲ་རྒན་དེས། ཡིགས་པར་ཉིན་དང་། ཞེས་བརྗོད་ཡོད། དེ་ནས་ཆུང་བདག་གིས་ལམ་ཁར་ཁ་གཏད་ཅིང་། གལ་སྲིད་ངས་ཐལ་བ་བྱས་ནས་ཕྱིན་ན་ཉི་མ་མ་བཞུད་གོང་ད་ན་ལ་བཀོད་དུ་འབྱོར་ཐུབ་བམ་སྙམ་སྟེ་རི་རྒྱར་འབབ་པ་དང་ཁོ་ཐལ་ཐེག་གི་ཏོ་ནད་སྐྱུང་སྟེ། འབའི་ལུང་བ་ཞེས་སྐད་ཚར་གོར།

Chunda winced as he slid the shoe off his swollen foot. He untied his sash and wrapped his ankle.

After crawling to a meadow, he rested against the trunk of a big tree. "I'll never find Pema Kö," he fretted. "I've ruined my wisdom quest."

ཆུང་བདག་འཐུམས་ཏེ་ཁོའི་རྐང་པ་སྐྲངས་ནས་ལྷམ་ཕུད་ཅིང་། ཁོས་ལྷམ་སྐྱོག་བཀྲོལ་ནས་ལུང་བུར་ལྡོད་པོར་བསྐམས། འདམ་ ཚོག་ནང་གན་སྤུག་ལོག་རྗེས་ཤུ་ཁོ་ཤིང་སྡོང་ཆེན་པོའི་རྩ་བར་འལ་གསོས་ནས་བསྡད་དེ། ང་ང་ནམ་ཡང་པད་མ་བཀོད་དུ་འབྱོར་ ས་མ་རེད་སྙམ་ཏེ་སེམས་འཚབ་བྱེད་པའི་སྐབས།

Just then goats sprang into the meadow. Chunda smiled as they gathered around. "Do you think I could be a wise monk someday?" he asked. A goat licked Chunda's hand.

Atop the grassy hill, a dark figure lumbered across the high meadow. "What a strange creature," muttered Chunda. "Looks like a man, but bigger. More like a gorilla! I hope he stays away from me!"

The sun rose higher, and Chunda grew thirsty. "I hear rushing water. Time for a drink." He hoisted himself up with a large stick and limped to the river. The goats trotted behind.

ཚོག་སྒྲ་ཞིག་བྱུང་སྟེ་ཅུང་བདག་གི་བསམ་བློ་གཏོང་མཚམས་བཞག་ནས་ཁོས་དཔུང་པ་འཐེན་ཅིང་བྱུས་ཞིང་
བསུན་སྣང་ཕྱོགས་ཏེ་ཉེན་པ་དང་། སྤངས་ཐང་སྟེང་དུ་གནས་རིའི་ར་རྟོང་མང་པོ་ཐོལ་ཏེ་བྱུང་སྟེ། ཅུང་བདག་
ནས་འདི་ར་ཤོག་ཅེས་འབོད་ནས་ལག་བཟུ་བྱེད་ལས་ར་ཞིག་ཉེ་བར་སྐྱིབས་པ་དང་ཅུང་བདག་ནས། ཁྱེད་རང་
གི་བསམ་པར་ཉིན་གཅིག་ང་བློ་ལྡན་གྱི་བླ་ཞིག་ཆགས་ས་རེད་དམ། ར་དེས་ལྕེ་མོ་བསྐར་ནས་བུ་དེའི་ལག་པ་
བལྡག་པར་བྱེད། ཅུང་བདག་གིས་སྤངས་རི་སྟེང་དུ་བལྟ་དུས་ནག་གཟུགས་ཡོལ་ཡོལ་ཞིག་རི་རྩེ་ནས་བརྒྱལ་
བ་མཐོང་ཞིང་། ཅུང་བདག་གིས་འདི་འདྲའི་ཡ་མཚན་པའི་སེམས་ཅན་ཞེས་ཕྱུབ་བུར་སྨྲས། མཐོང་སྣང་ལ་མི་
ནོ་ཕྱར་ཡིན་ཡང་དེ་ལས་ཆེ་བ་འདུག ་འདི་རེ་བར་ང་ལས་ཐག་རིང་ཚམ་གནས་ན་སྣམ་པ་རེད། ཞི་མ་ནས་
མཁའི་དབྱིངས་སུ་ཤར་ཞིང་ཅུང་བདག་ན་སྐོམ་པ་དང་། ཉི་འདབས་ནས་རྒྱགས་ཆུའི་བྲག་ཅ་ཐོས་ཏེ། ཁོས་ར་
རྣམས་ལ་ཆུ་འཐུང་དུ་འགྲོ་ཞེས་བརྗོད། དེ་ནས་ཁོ་རང་གིས་ཤིང་དུམ་ཞིག་རྒྱགས་ཆུར་གཏུང་བཙུགས་བྱས་
ནས་བརྒལ་བ་དང་ར་རྣམས་ཀྱིས་དེའི་རྒྱབ་ནས་རྗེས་སྐྱོང་བྱས།

After a long drink, Chunda picked some berries. "With these and the food in my pack," he thought, "I can last awhile. Maybe I can still find Pema Kö when my ankle heals."

Chunda sat under the tree. "I miss the monks," he told the goats. "They always say, 'Watching the breath eases the mind, then you can be gentle and kind.'" He focused on his breath, in . . . out . . . in . . . out. Before long, stars shone through the branches. He closed his eyes and softly snored among the slumbering goats.

རྒྱུན་རིང་ཆུ་བཏུང་པའི་རྗེས་སུ་ཆུང་བདག་ནས་ཤིང་ཏོག་ཁ་ཤས་བསྡུགས་ཏེ། འདི་ཚོ་དང་ཁོའི་འཁྱམ་ནང་གི་ཁ་ལག་གཉིས་ང་ལ་གང་མཚམས་ཞིག་ལྡང་ངེས་འདུག་བསམ། གཅིག་བྱས་ན། འབའི་ལུང་བུ་དུག་སྐྱེད་བྱུང་བ་དང་པད་མ་བཀོད་རྙེད་ས་རེད་སྙམ་པ་རེད། ཆུགས་ཆུ་ནས་ཕྱིར་ལོག་ནས་ཆུང་བདག་ཤིང་སྡོང་འོག་བསྡད་དེ། ང་གྲྭ་བ་དེ་ཚོ་དྲན་གྱི་འདུག་ཅེས་ཁོས་ར་རྣམས་ལ་བཤད། ཁོང་ཚོས་ཆུན་དུ། དགྲགས་ཀྱི་རྒྱུ་བ་བསྒོམ་ན་སེམས་ཞི་ལྷོད་དང་། རང་ཉིད་ཞི་དུལ་འཛུམ་པོར་གནས་ཐུབ་པར་གསུང་གི་ཡོད། ཁོས་རང་གི་དབུགས་འབྱུང་. . .རྔུབ་. . .འབྱུང་. . .རྔུབ་ཀྱི་རྒྱུ་བར་བློ་གཏད་པ་དང་། དེ་ནས་མི་རིང་བར་ཡལ་གའི་གསེབ་ནས་སྐར་ཚོགས་ཀྱི་འོད་འཕྲོ་ཞིང་། ཁོ་མིག་བཙུམས་ནས་དུང་བ་དང་བཅས་ར་རྣམས་མཉམ་དུ་གཉིད་ལ་ཡུར།

The next day Chunda saw the creature again. "He must be going to the river," muttered Chunda. "I think he lives alone up there in that shack."

Chunda spent his days petting the goats and watching the creature. Each day his ankle hurt as much as it did the day before. "I'll never find Pema Kö and become wise," he worried.

One day Chunda didn't see the creature. He watched the shack closely, but the creature did not appear. Chunda grabbed his walking stick. "A wise monk would find out if something's wrong!"

ཉིན་རྗེས་མ་དེར་རྒྱུང་བདག་གིས་སེམས་ཅན་དེ་མཐོང་བ་དང་། ཁོས་ར་རྣམས་ལ་ཁོ་ཅན་ཅན་རྒྱུགས་ཆུང་ཆུ་འཕྱང་དུ་འགྲོ་གི་རེད་
ཅེས་དང་། ངའི་བསམ་པར་ཁོ་རང་ཁེར་རྐྱང་ཡ་གི་སྤྱིལ་བུའི་ནང་བསྡད་ཀྱི་ཡོད་ས་རེད་ཅེས་ལབ། རྒྱུང་བདག་ཉིན་གང་ར་དང་
གཡིབས་ཞིང་སེམས་ཅན་དེར་བལྟས་ནས་བསྡད། ཁོང་ཀྱང་ཉིན་རེ་བཞིན་ཁོའི་ལུང་བུར་ན་ཟུག་འཕེལ་བ་དང་། ཁོས་ད་ང་ལ་
ནམ་ཡང་པད་མ་བཀོད་མི་རྙེད་པ་དང་། བློ་ལྡན་གྲ་པ་ཞིག་ཆགས་དགའ་སྙམ་སྟེ་སེམས་འཚབ་བྱེད། ཉིན་གཅིག་རྒྱུང་བདག་གིས་
སེམས་ཅན་དེ་མ་མཐོང་བ་དང་། ཁོས་ཉིན་རྗེས་མ་དེར་ཉེ་བར་ཕྱིན་ཏེ་བལྟས་ཀྱང་ད་དུང་མ་རྙེད་པ་རེད། དེ་ནས་ཁོས་ར་ཆོར།
གལ་ཏེ་ཁོ་ལ་ཆག་གོ་བྱུང་ཡོད་ན་བློ་ལྡན་གྲ་པ་དེས་དེས་པར་འཚོལ་རྙེད་ཐུབ་ཀྱི་རེད།

Chunda hobbled up the hill to the shack and peeked through the open door. "Oh!" he cried. The gigantic creature lay outstretched, eyes closed and fangs apart. "Is he an animal or a human?" Chunda wondered. He inched his head inside. "Looks like both," he whispered. "I know! He must be a yeti!" Chunda peered closer. The yeti's gruesome face was smooth. "A hairless face! That's the kind that eats humans. I'd better get away fast!"

Just then the yeti moaned.

The pitiful sound tugged at Chunda's heart. He could see a huge splinter of wood lodged in the yeti's foot. Drops of sweat glistened above the creature's bushy brows. "He's ill," murmured Chunda. "If I remove the splinter, he might heal."

The yeti moaned again.

ཆུང་བདག་གིས་རི་ཙེར་ལྷུག་བགྲོད་བྱས་ཏེ་སྐྱིལ་ཁང་དེར་འབྱོར་དུས་ཨེ་ཁྱང་ཆུང་དུའི་ནང་ནས་ཞིབ་བལྟས་བྱས་ཀྱང་། དེར་བལྟ་བར་ནག་ཁྱུ་ ཡིན་པ་དང་། ཁོས་རྱུར་དང་གཡས་གཡོན་གང་ས་ནས་ཡིབ་བལྟས་བྱས་ཏེ་ནང་སྐྱོ་ཕྱི་དུས། ཨོ་"""ཞེས་སྐད་ཙར་ཤོར། དེར་ཤིན་ཏུ་ཆེ་བའི་མི་རྟོད་ ཅིག་གན་རྱུལ་དུ་མིག་བཙུམས་ཞིང་མཆེ་བ་བཏོན་ནས་ཡོད་པར་ཆུང་བདག་གིས་ནར་རྟོད་ཡལ་མིན་བལྟ་ཙམ་བྱས། ཁོ་ཡ་མཆོན་ནས་འདི་སེམས་ ཅན་ཡིན་ནམ་མི་ཞིག་ཡིན། འདི་གཉིག་འདུ་པོ་འདུག གཅིག་བྱས་ན་མི་རྟོད་ཡིན་སྲིད་ཅེས་ཁྱབ་བྱར་སྨྲས། དེ་ནས་ཁོས་སྐྲ་མེད་པའི་མི་རྟོད་ ཡིན་ན་དེ་ཚོས་མི་ཟ་གི་རེད་ཅེས་པའི་དག་རྱུན་དེ་དྲན་པ་རེད། སེམས་ཅན་དེ་ནི་དམར་ནག་སྐྲ་ཡིས་འཁྱམས་པ་ཞིག་ཡིན་དང་། ཚོན་ཀྱང་ཁོའི་ འཇིགས་རུང་གདོང་ནི་འཇམ་པོར་འདུག དད་མགྱོགས་པོ་ཕོས་འགྲོན་ཡག་ས་རེད་སྙམ་དུས། མི་རྟོད་དེས་འཕྲིན་སྐྲ་ཁྱུང་ནས་ཆུང་བདག་གིས་ ཉི་བར་བལྟ་སྐབས་མི་རྟོད་དེའི་རྐང་པར་རྒག་པའི་ཤིང་རྟོར་ཆེན་པོ་དེ་མར་ཐོན་ཞིང་སེམས་ཅན་དེའི་མིག་སྐྲ་མཐུག་པོའི་སྟེང་དུལ་ཆུའི་ཕིག་པ་ ཟག་གིན་ཡོད་པར་མཐོང་དུས། ཆུང་བདག་ནས་ཁོན་པ་རེད་འདུག་ཅེས་རང་ལབ་བྱེད། གལ་སྲིད་ངས་ཤིང་རྟོར་དེ་བཏོན་ན་ཁོ་དག་སྐྱེད་ཡོང་ ས་རེད་སྙམ་མོ། མི་རྟོད་དེས་མིག་གདངས་པ་དང་། ཆུང་བདག་གིས་ཨོ་ཨོ་ཞེས་སྐད་ཕོན། མི་རྟོད་དེས་འཕྲིན་སྐྲ་ཡང་བསྐྱར་འབྱིན་པས།

"Oh, I should help. But he could eat me! What should I do? What would the monks do? They'd say, 'Watching the breath eases the mind, then you can be gentle and kind.'"

Chunda focused on his breath, in . . . out . . . in . . . out. He limped toward the yeti. With both hands, he pulled the splinter out of the swollen foot. The yeti's loud groan sent shivers down Chunda's spine. With a corner of his sleeve, Chunda dabbed the wound. Then he tore a strip of cloth from his robe and bandaged the yeti's foot. All the while, the yeti watched him through half-closed eyes.

"I hope I helped you," said Chunda as he limped away.

ཆུང་བདག་གིས་རང་ཉིད་པར་ཁོ་ལ་རོགས་བྱེད་དགོས་ཞེས་བསམ། འོན་ཀྱང་ཁོས་ང་ཟ་སྲིད་པ་རེད། དག་ནི་ཉིད་དགོས་སམ། གྲ་པ་ཚོས་ག་རེ་བྱེད་ཀྱི་ཡོད་དམ། ཁོ་ཚོས་དབུགས་རྒྱབ་བར་བལྟས་ནས་སེམས་ཞི་ལྷོད་དུ་བྱེད་ན་ཁྱེད་རང་ཞི་དུལ་བྲམས་སེམས་སུ་གནས་ཐུབ་ཀྱི་རེད་ཅེས་གསུང་ངེས་ཡིན། ཆུང་བདག་གིས་དབུགས་འབྱུང་རྔུབ་ལ་བློ་ཁ་གཏོད་པར་བྱེད། དེ་ནས་དལ་གྱིས་མི་ཚོང་འཐིས་ལ་ཕྱིན་ཏེ། ཁོས་ལག་པ་གཉིས་གདིས་སྐྱངས་པའི་རྐང་པར་ཟུག་པའི་ཤིང་ཚེར་དེ་མར་བཏོན། མི་ཚོང་ངེས་སྐད་ཆོར། ཆུང་བདག་གིས་སྐྱར་བའི་ནང་མཚལ་མ་སྦོར་ནས་ཁོ་རང་གི་ཕྱུང་གི་ཟུར་ཆོར་དེ་ཁ་ཆུའི་ནང་སྙངས་ཏེ་རྨ་ཁར་སོབ་སོབ་ཀྱིས་བྱུག་པ་རེད། དེ་ནས་ཁོས་གོས་ལོག་ནས་རས་ཟོར་ཞིག་དྲལ་ཏེ་མི་ཚོང་དེའི་རྐང་པར་བསྐམས། དེ་འདུའི་སྐབས་མི་ཚོང་དེས་ཁོ་ལ་བལྟ་བཞིན་དུ་བསྡད་པ་རེད། དེའི་རྗེས་ཁོ་འཐེང་བཞིན་ཕྱིན་པ་དང་ཆུང་བདག་ནས་ནས་ཁྱེད་ལ་ཕན་ཐོགས་པའི་རེ་སྨོན་ཡོད་ཅེས་ལྗུབ་བྱར་ལབ།

The yeti emerged from the shack the following day. Chunda grinned as he watched the creature limp across the high meadow. "The yeti's limp is exactly the same as mine," thought Chunda. The next day the yeti limped more quickly. Chunda limped more quickly, too. Soon the yeti walked with ease.

"The yeti's foot is healed," cried Chunda. He stepped through the meadow. "And I can finally walk, too!"

Chunda stopped and rubbed his chin. "How strange. In helping the yeti, I helped myself. That's like a lesson from the monks. Yes, a wisdom lesson." He looked around and laughed. "I've been in Pema Kö all along!"

As dusk fell, Chunda packed his belongings. "Tomorrow I head back to the monastery," he told the goats. "Brrrr. Just in time. The snows are coming."

ཆུང་བདག་ནས་ཉིན་རྗེས་མ་དེར་མི་རྐོང་དེ་སྒྱིལ་ཁང་ནས་ཐོན་ཏེ་སྤྱངས་རི་མཐོན་པོར་འཕེང་བཞིན་བརྐལ་བའི་སེམས་ཅན་དེར་བལྟས་ནས་ཆུང་བདག་གིས་འཛུམ་ཚམ་བྱས། མི་རྐོང་དེས་ཆུང་བདག་མཉམ་དུ་ཞ་འཐེངས་ཏེ་བགྲོད་པ་དང་། དེ་ནས་མི་རྐོང་དང་ཆུང་བདག་གཉི་གས་འཐེང་བགྲོད་མྱུར་པོར་བྱེད། གང་མྱུར་མི་རྐོང་དེས་བདེ་པོར་གོམ་བགྲོད་ཐུབ་པ་དང་ཁོའི་རྐང་ལ་དྲག་སྐྱེན་ཐུང་ཡོད། མཐའ་མར་ང་རང་ཡང་གོམ་སྐྱོད་ཐུབ་པ་ཆུང་སོང་། མི་རྐོང་ལ་ཕན་ཐོགས་བྱེད་པ་དེ། རང་གིས་རང་ལ་ཕན་པ་བྱེད་པ་རེད་ཅེས། གྲུ་པ་དེས་སློབ་སྟོན་གནང་བ་ལྟར་རེད་འདུག འདི་ནི་ཐབས་མཁས་པའི་སློབ་སྟོན་རེད་འདུག་ཅེས་སྙམ། ཁོས་གཡས་གཡོན་དུ་བལྟ་བཞིན་དགོད་པ་དང་། ང་པད་མ་བཀོད་དུ་གིན་ནས་སྡེབས་འདུག་ཅེས་དགའ་ཚོར་ཆེན་པོས་ལབ།

Suddenly the animals scattered. Chunda jerked his head to see the yeti leaping toward him.

GRRRRRRRR!

Chunda's heart pounded. "The creature's come to eat me!" He focused on his breath, in . . . out . . . in . . . out. The yeti lunged forward, threw a bundle onto the grass and bounded off.

Chunda bent down. On the ground was an animal fur. He smiled. "This will keep me warm on my journey."

ཉི་མ་ནུབ་ཁར་ཆུང་བདག་གིས་མགོ་ཚོས་རྣམས་རྟོག་ཆུག་བུས། ར་ཚོར་སང་ཅིག་ད་དགོན་པར་ལོག་འགྲོ་གི་ཡིན་ལབ་པ་དང་། ར་ཚོས་ལྒར་རར་ཞེས་བརྗོད་ཅིང་། དེ་འདྲའི་སྐབས་གནས་འབབ་པ་རེད། དེ་འདྲའི་སྐབས་ཐོབ་རྒྱག་ཅིག་ལ་ར་རྣམས་གྱེས་ཞིང་ཐོར་ཏེ། ཆུང་བདག་གིས་གཏོང་མཚོངས་རྒྱག་མཁན་མི་ཉོད་དེར་མགོ་བོ་བཅུས་ནས་བལྟ་དུས་སེམས་ཅན་དེས་ཁྲོ་བོའི་ཚེར་བལྟས་བྱེད་དུས་ཆུང་བདག་གི་སྙིང་གཡུགས་པ་དང་། ཁོས་རང་གི་དབུགས་འབྱུང་…རྔུབ་…འབྱུང་…རྔུབ་ཀྱི་རྒྱབ་བློ་བཏང་། མི་ཉོད་དེ་ཉེ་བར་སྐྱེབས་ཤིང་ཆུང་བདག་གི་རྒྱབ་ཏུ་རྡུལ་ནག་ཟག་པ་དང་། ཁོས་ངང་ར་རྡ་ཡོང་གི་འདུག་བསམ་པ་རེད། ཁོས་ཀྱང་ཁོའི་ལག་པར་གང་ཡོད་དག གང་ལྕར་མི་ཉོད་དེས་བུ་དེའི་ཀྲང་པའི་འཁྲིས་སུ་དུམ་བུ་ཞིག་གཡུགས་ནས་ཕྱིན། ཆུང་བདག་གིས་ཐང་གར་བཀུམ་པ་དེ་ནི་སེམས་ཅན་གྱི་ལྤགས་པར་མཐོང་དུས། ཁོ་འཛུམ་ཤོར། འདིས་ངའི་འགྱུལ་བཞུད་སྐབས་རྟོང་ལ་ཕན་ཐོགས་ས་རེད་ཅེས་ལབ།

60

In the morning Chunda said goodbye to the goats. "Look after the yeti!"

Then he grabbed his pack and hiked toward the rocky path. "Wait until I tell the monks about my lesson," thought Chunda. "Maybe I'll become a wise monk after all!"

ནམ་གསལ་ཁར་ཆུང་བདག་གིས་ར་ཚོར་བཤགས་ཨ། མི་ཀོད་ལ་བལྟ་ཏོག་བྱེད་རོགས་ཞེས་པདགས་ཆ་བྱས་ནས། ཁོས་སྟོང་སྟེང་བཏེགས་ཏེ་ཏོ་ཁོའི་ལམ་ནས་འཇོགས་ཏེ་ཕྱིན་པ་དང་། གྲུ་པ་ཆོར་ཐབས་ལམ་འཆོལ་བའི་སྐོར་མ་བཤད་བར་དུ་བསྒུག་དགོས་ཞེས། བསམ། གཅིག་བྱས་ན། གང་ལྟར་ང་གྲུ་པ་བློ་གྲོས་དང་ལྡན་པ་ཞིག་ཆགས་ཀྱི་རེད་བསམ་པ་བཅས་སོ།།

Special Thanks to

His Holiness, the Dalai Lama, who has witnessed immeasurable suffering throughout China's occupation of Tibet
and yet continues to be a guiding light for peace, kindness and joy.

Lama Surya Das, who planted the seed for this book many years ago.

Harmon Houghton and Marcia Keegan at Clear Light Publishing for believing in the value of this book
and enriching it with their own vision.

Geshe Kelsang Damdul for his cheerful help in acquiring the Tibetan translation and ensuring the authenticity of the stories and art.

Pasang Tenzin for his excellent work in translating these stories into Tibetan.

Family, friends and fellow writers and artists (especially Renée Locks, Margaret Nevinski, Susan Brown,
Holly Cupala, Jan McNeely and Eleanor Caponigro) for their support and help.

My husband, Robin Weeks, for his constant, loving and inspired encouragement, assistance and skillful contributions.

My son, Benjamin, for reminding me of the value of wisdom lessons in children's books.

Finally, the Tibetan people whose dignity in the face of cultural tragedy continues to inspire me. I hope in some small way
that I have contributed to the preservation and sharing of their precious teachings and culture.

Dedication

To Robin, my "Mani Man"